colección

¡Han cazado la Luna!

cuento de Renada Mathieu

versión castellana de Jesús Ballaz

ilustraciones de Montserrat Cabo

laGalera

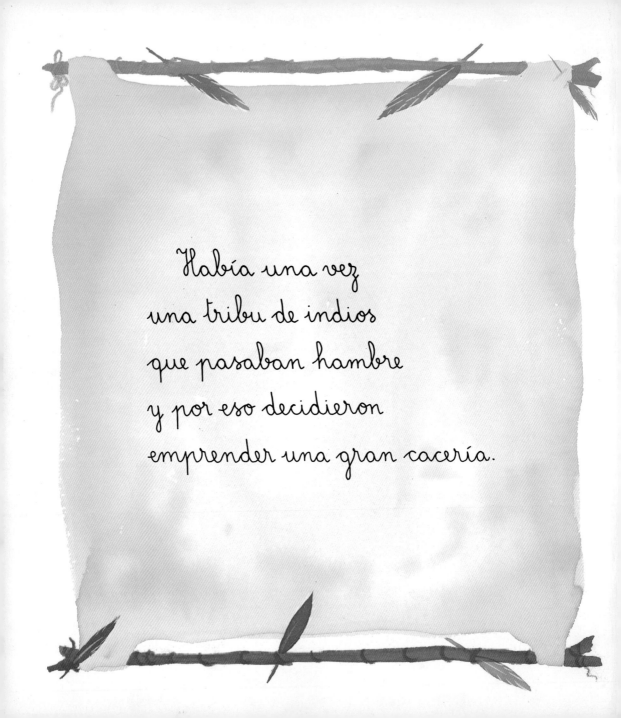

Había una vez
una tribu de indios
que pasaban hambre
y por eso decidieron
emprender una gran cacería.

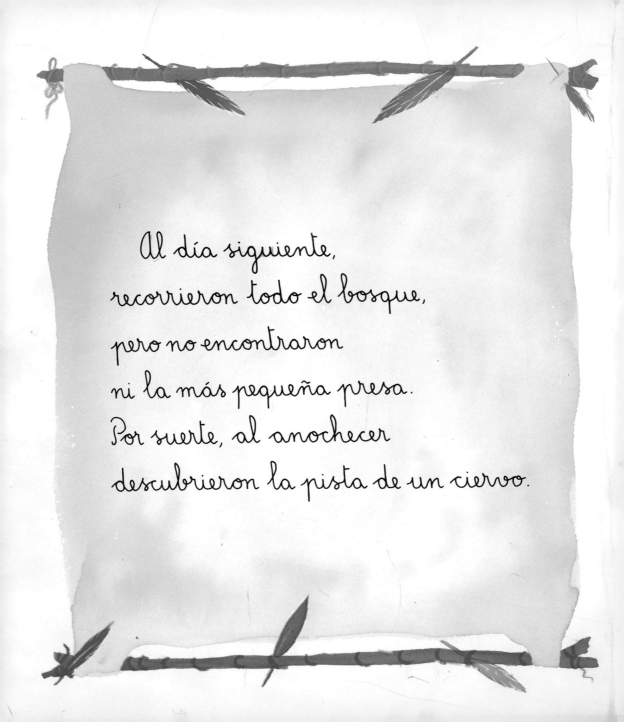

Al día siguiente,
recorrieron todo el bosque,
pero no encontraron
ni la más pequeña presa.
Por suerte, al anochecer
descubrieron la pista de un ciervo.

¡Y venga perseguirlo!
Pero se les escapó
y los dejó a todos
con un palmo de narices.
¡Qué desesperación!
Ya salía la Luna
y no habían cazado nada.

De repente,
el ciervo apareció de nuevo
en la cima del monte.
Rápidos como el rayo,
dispararon sus flechas y...
¡zas! una flecha loca
hizo diana en la barriga de la Luna,
que se descolgó
como en el juego del pim-pam-pum.

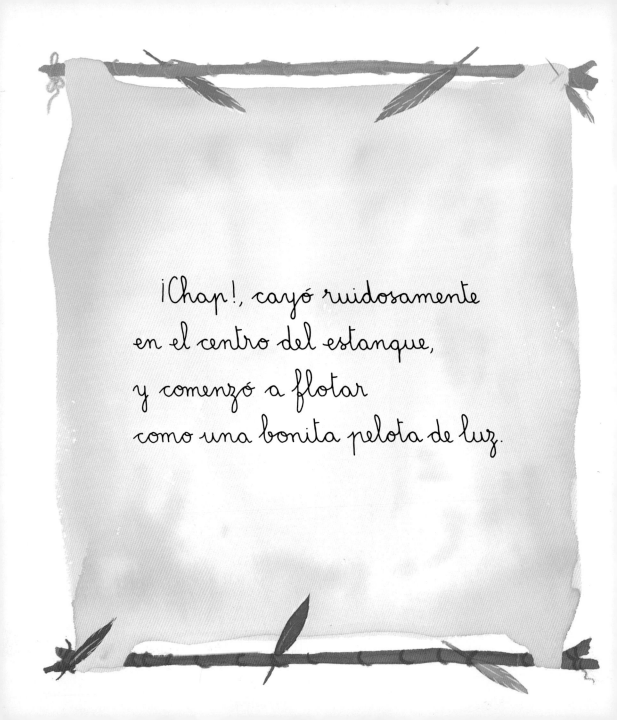

¡Chap!, cayó ruidosamente
en el centro del estanque,
y comenzó a flotar
como una bonita pelota de luz.

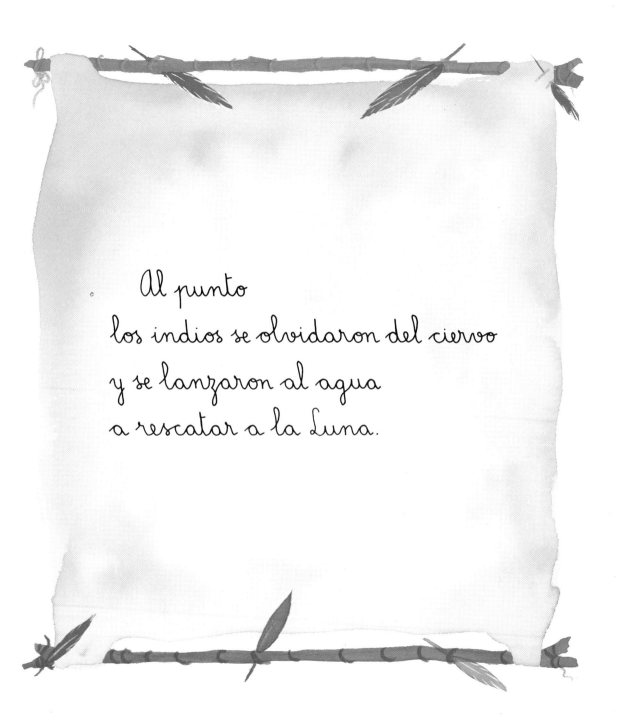

Al punto
los indios se olvidaron del ciervo
y se lanzaron al agua
a rescatar a la Luna.

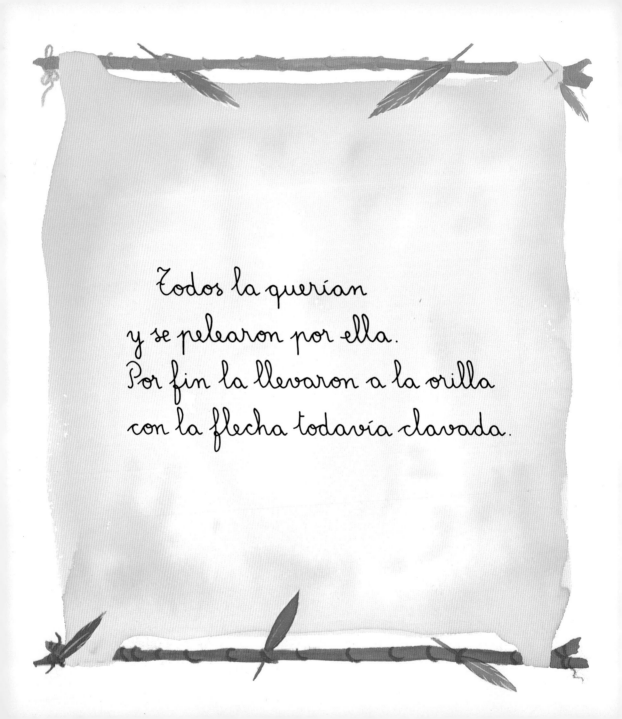

Todos la querían
y se pelearon por ella.
Por fin la llevaron a la orilla
con la flecha todavía clavada.

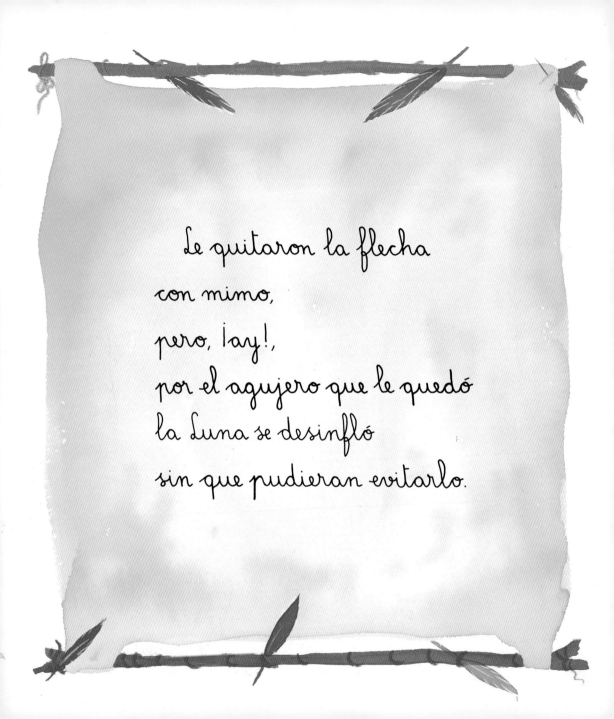

Le quitaron la flecha
con mimo,
pero, ¡ay!,
por el agujero que le quedó
la Luna se desinfló
sin que pudieran evitarlo.

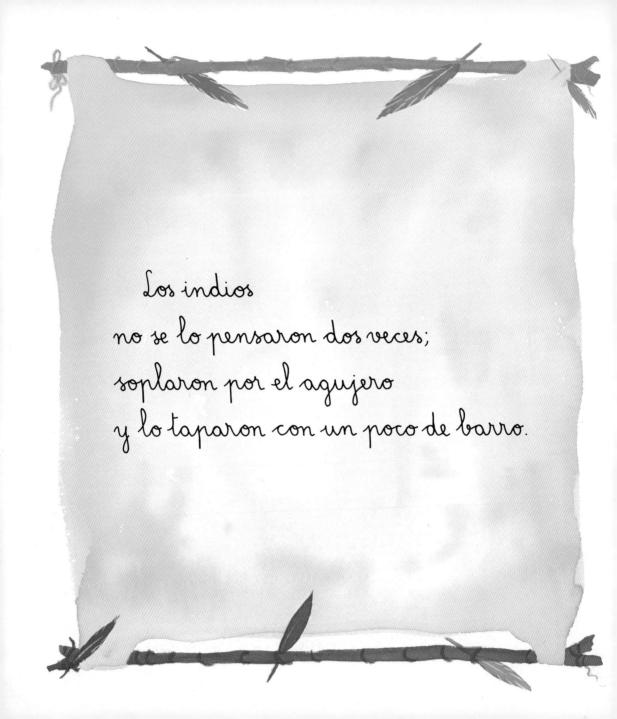

Los indios
no se lo pensaron dos veces;
soplaron por el agujero
y lo taparon con un poco de barro.

Después, orgullosos,
se pusieron a jugar a fútbol
con la Luna bien hinchada.

Hasta que uno de ellos
chutó muy fuerte
y la volvió a colocar en su sitio,
allá arriba, en el cielo.

Primera edición: *octubre de 1992*
Tercera edición: *octubre de 1998*

© Renada Mathieu, 1992, por el texto
© Montserrat Cabo, 1992, por las ilustraciones
© La Galera, S.A. Editorial, 1992
por la edición en lengua castellana
Textos manuscritos: Marta Dòria
Depósito legal: B. 38.269 - 1998
Printed in Spain
ISBN: 84-246-2749-0

La Galera, S.A. Editorial
Diputació, 250 - 08007 Barcelona
www.enciclopedia-catalana.com
lagalera@grec.com
Impreso por Índice, I.G.
Fluvià, 81 – 08019 Barcelona